ALICE MILLOT *illustrations de* JÉRÔME RESSOT

Petits CRIMES à résoudre

LE SINISTRE SABOTAGE DU VAISSEAU EXPLORA

MANGO éditions

QU'EST-CE QU'UNE *MURDER PARTY* ?

Une *murder party* est un jeu d'enquête grandeur nature, où les participants doivent élucider un mystère criminel. Les joueurs incarnent les protagonistes d'une histoire énigmatique. Les possibilités de scénarios sont infinies et l'histoire peut se dérouler dans tous les univers imaginables. Entre les rebondissements, les indices, la tension et l'urgence de l'enquête, les participants doivent remplir des objectifs personnels, tout en collaborant et en s'adaptant aux diverses intrigues. Pendant les événements *murder party*, une attention particulière est portée à l'ambiance et aux costumes des personnages (et des comédiens), pour un résultat totalement immersif.

UN PEU D'HISTOIRE...

Les premières *murder parties* apparaissent au début des années 1930 en Angleterre. À cette époque, de luxueux hôtels les organisent pour leurs clients fortunés. Au départ, cela s'apparente plutôt à des pièces de théâtre immersives. Des comédiens, dispersés parmi les clients, jouent alors une enquête policière.

Plus tard, le couple Elva et Anthony Pratt constate l'engouement autour des *murder parties* et décide de développer un concept de jeu de société similaire. C'est la naissance du célèbre jeu *Cluedo*®.

Au fil des ans, la culture populaire contribue au succès des enquêtes impliquant un détective qui doit résoudre un mystère. On peut notamment citer les histoires d'Agatha Christie ou d'Arthur Conan Doyle et de nombreuses séries télévisées et films.

Dans les années 2000, le phénomène redevient tendance en France. De plus en plus d'événements sont organisés par des professionnels, mais aussi par des particuliers qui en font le thème de leurs soirées. Certaines entreprises ou associations en organisent pour des groupes (amis, familles) ou des entreprises (team building, soirées, etc.).

On retrouve aussi des jeux et des livres, comme celui que vous tenez entre les mains, qui permettent de mener ces enquêtes à domicile pour y jouer seul ou à plusieurs.

CE LIVRE S'ADRESSE À TOUS LES PUBLICS. L'AVENTURE NE REQUIERT AUCUNE CONNAISSANCE SPÉCIFIQUE. OBSERVEZ, ANALYSEZ, DÉDUISEZ ET DÉMASQUEZ LE COUPABLE !

SOMMAIRE

COMMENT JOUER ?

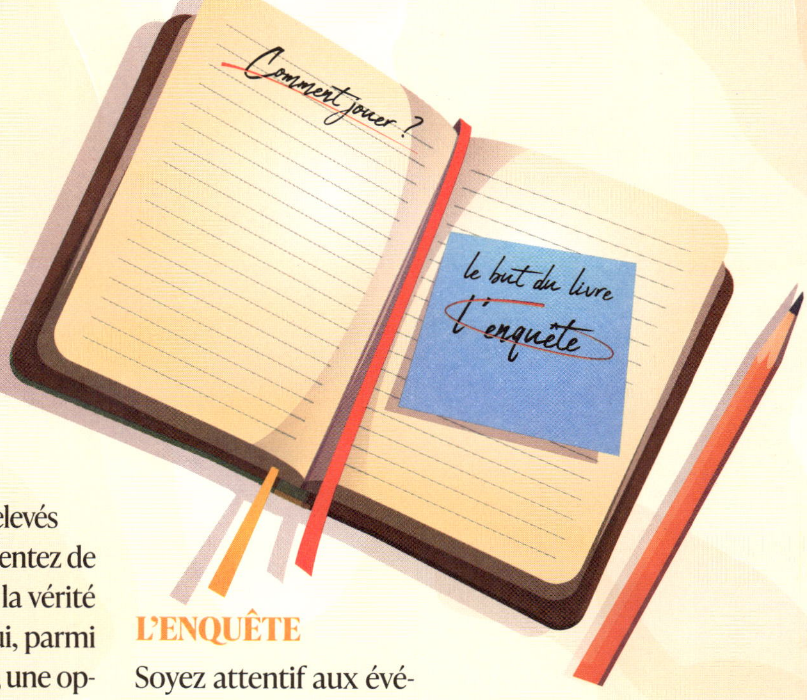

LE BUT DU LIVRE

Menez l'enquête, tel un détective, pour élucider le crime et démasquer le coupable !

Endossez le rôle de l'inspecteur de police en charge de cette affaire pour mener les investigations. Interrogatoires, relevés d'indices et d'empreintes, victimologie : tentez de démêler le vrai du faux et de découvrir la vérité avant que le coupable ne s'échappe. Qui, parmi les personnages, avait un mobile valable, une opportunité et une arme pour commettre ce crime odieux ? Qui avait intérêt à éliminer la victime ?

Devenez un enquêteur et tentez de résoudre ce crime mystérieux. Démasquez le coupable en analysant et en observant les lieux de l'enquête. Pour cela, suivez les instructions données tout au long du livre, faites preuve de logique et récoltez des indices !

L'ENQUÊTE

Soyez attentif aux événements, inspectez les lieux, étudiez les témoignages, récoltez les indices...

Page après page, avancez dans l'histoire. Vous pouvez tout à fait revenir en arrière afin de corroborer une version de l'histoire, de vérifier vos premières observations ou de mieux analyser les scènes. Cependant, vous ne pouvez pas sauter de page.

Pendant votre investigation, il se peut que certains éléments soient intéressants, voire cruciaux. Pour vous souvenir de tout, pas de panique, vous trouverez en page 38 un journal d'enquête. Comme dans un véritable dossier d'enquête, notez-y vos interrogations, vos déductions, vos doutes, vos soupçons, etc. Vous pouvez le consulter à tout moment.

Une fois que vous avez lu toute l'enquête, faites preuve de logique et trouvez le coupable ! C'est bon, vous avez un suspect ? Allez confirmer cela en page 43, où se trouve la résolution finale de l'enquête.

Il n'y a aucune limite de temps pour résoudre cette affaire ! Si vous êtes d'humeur téméraire, vous pouvez néanmoins vous chronométrer et tenter de résoudre le mystère en une heure.

Que l'enquête commence !

LE SINISTRE SABOTAGE DU VAISSEAU EXPLORA

4 AVRIL 2374_

Explora compte parmi les quatre vaisseaux qui voyagent au-delà du monde connu. Rattachés à l'Agence intergalactique de recensement des astres (AIRA), ils ont pour mission de découvrir de nouvelles formes de vie ou des ressources utiles.

Parti depuis 3 mois de la base, le vaisseau Explora est enfin à l'approche de la planète 2374-E-21. Le protocole habituel a été appliqué : après avoir reçu l'autorisation de l'AIRA pour lancer l'exploration, un éclaireur a été désigné. Il s'agissait du commandant en second, Saphed Vodash.

Protégé par sa combinaison spatiale, il s'est placé dans le téléporteur du vaisseau qui devait l'envoyer sur le sol de la planète 2374-E-21 à un emplacement qui semblait sans risque. Lorsque la téléportation a été lancée, la machine s'est mise à fumer. L'arrêt d'urgence a été actionné, mais il était trop tard : le commandant en second gisait mort sur le sol de la cabine du téléporteur.

Accident ou sabotage criminel ? Aussitôt alertée, l'AIRA a missionné la police intergalactique afin qu'elle intervienne au plus vite. Vous êtes l'enquêteur en charge du dossier. Comme le téléporteur est hors service, vous devrez mener les investigations à distance… par l'intermédiaire du droïde embarqué de l'AIRA, un robot fiable et fort sympathique.

SAPHED VODASH (VICTIME)

Espèce : Chevalier Kalihyaya

Commandant en second

Saphed était en poste depuis six ans. Cette mission devait être celle qui validerait son passage au grade de commandant. Il allait enfin pouvoir reprendre l'Odysseia, le cinquième vaisseau de la flotte de l'AIRA.

NAR-6

Espèce : Droïde

Aide de bord

Propriété de l'AIRA, il est placé à votre service afin de vous aider. Il sera vos yeux et vos oreilles ! NAR-6 possède également une grande base de données concernant le vaisseau et les membres de l'équipage.

GANDAKI

Espèce : Tau Cetiki

Commandante

Réputée pour son sang-froid, elle a toujours su sortir son équipage de toutes les situations imprévues. Acharnée de travail, Gandaki ne s'arrête d'étudier les cartes du monde inconnu que lorsqu'elle dort !

AGÉOKI

Espèce : Tau Cetiki

Commandante en second

D'abord apprentie sur l'Explora, elle a fait rapidement ses preuves pour gravir les échelons et occuper différents postes pendant 5 ans. Aujourd'hui commandante en second, elle travaillait aux côtés de Saphed Vodash.

TOUTZI LE SHOI

Espèce : Simutant

Pilote

Ses quatre bras et ses deux pieds préhensibles font d'elle une pilote d'exception. Mais avec son caractère bien trempé, Toutzi le Shoi exaspère souvent la commandante et il arrive souvent que les deux se chamaillent !

CASSIOPÉE

Espèce : Humaine

Ingénieure de bord

Électronique, mécanique, informatique, Cassiopée s'occupe de l'entretien et de la réparation de l'Explora. Ce vaisseau, elle le connaît comme sa poche ! Et surtout la salle des machines, où elle passe le plus clair de son temps.

DOC OPHIUCHUS

Espèce : Humaine

Médecin

Avec lui, c'est toujours la même rengaine. Sommeil, exercice, repas complet : l'équipage doit être au mieux de sa forme pour supporter les voyages intergalactiques et les téléportations à répétition.

LUIF UFI II

Espèce : Luifian

Scientifique

Dernière recrue de l'Explora, Luif Ufi II joue un rôle clé dans les missions de l'AIRA. Il analyse chaque nouvelle planète : sa faune, sa flore et ses minéraux. Rien n'échappe à sa vue perçante et à son odorat précis.

NAR-6_ Avant de vous montrer la scène de crime, permettez-moi de faire un compte rendu des évènements.

VOUS_ Je te lis, NAR-6.

NAR-6_ Le téléporteur était en parfait état de marche hier soir, lorsqu'un conseiller de l'AIRA est venu sur l'Explora. C'est d'ailleurs lors de cette rencontre que l'exploration a été approuvée et Saphed Vodash désigné comme éclaireur. Le conseiller est reparti du vaisseau vers 22 h.

VOUS_ Et après ? Personne d'autre n'a actionné la cabine de téléportation avant la victime ?

NAR-6_ Non. Le téléporteur est un objet dangereux, il est utilisé avec parcimonie. Le moindre dérèglement détraque les cellules et la mort est assurée. C'est pour cela que le système de fonctionnement est centralisé dans la salle des machines. Avec tout son matériel à disposition, Cassiopée peut sereinement en assurer la maintenance.

VOUS_ Si quelqu'un voulait s'en prendre au commandant en second, saboter le téléporteur était la meilleure option…

NAR-6_ C'est vous qui menez l'enquête, je ne me permets pas d'émettre des conclusions.

VOUS_ Merci NAR-6. Envoie-moi le souvenir caméra.

Cassiopée, qu'est-ce qu'il se passe ? Cassiopée ?
Stop ! On arrête tout !
NAR-6, sonne l'alerte ! Je vais avoir besoin de l'aide de l'équipage pour transporter le commandant et tenter de le sauver !

VOUS_ Que s'est-il passé ensuite ?

NAR-6_ Le commandant en second n'a pas pu être réanimé. Le Doc Ophiuchus a finalement constaté la mort de la victime. Voici l'acte de décès enregistré dans mes données.

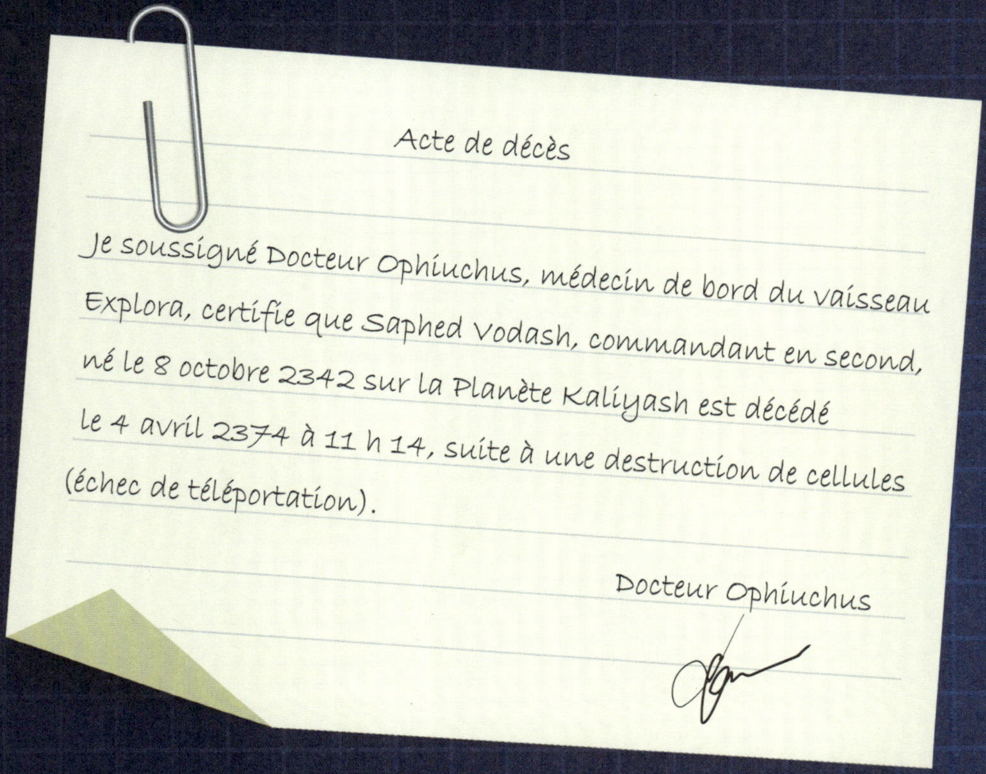

Acte de décès

Je soussigné Docteur Ophiuchus, médecin de bord du vaisseau Explora, certifie que Saphed Vodash, commandant en second, né le 8 octobre 2342 sur la Planète Kaliyash est décédé le 4 avril 2374 à 11 h 14, suite à une destruction de cellules (échec de téléportation).

Docteur Ophiuchus

VOUS_ Saphed Vodash avait-il des ennemis parmi les membres de l'équipage ?

NAR-6_ Pas à ma connaissance. Il y aurait bien Luif Ufi II, mais leurs relations étaient plutôt cordiales.

VOUS_ C'est-à-dire ?

NAR-6_ Je fais référence à une discorde diplomatique qui remonte à plusieurs générations, suite à l'assassinat de la fille du roi des Luifians par un chevalier du peuple Kalihyaya. C'était il y a 150 ans.

VOUS_ En effet, c'est un beau mobile. Eh bien, commençons les interrogatoires par là !

NAR-6_ Je vous ai débloqué l'accès à mon micro, nous pouvons y aller. Luif Ufi II doit être dans son laboratoire.

NUISIBLE
LES THELMES SONT DES NUISIBLES.
SI VOUS VOYEZ DES TRACES DE MUCUS
VERDÂTRES, C'EST QU'ILS NE SONT PAS LOIN.
POUR EN VENIR À BOUT,
UNE SEULE SOLUTION :
OUVREZ L'OEIL ET AVERTISSEZ-MOI !
LUIF UFI II
RAPPORT D'ANALYSE /004
EXTRAIT DE CHAMPINERGIE
RAYONNEMENT INFRAROUGE : 40 °C
ASPECT : COULEURS VIVES
MALADIE : AUCUNE
R.A.S
EXPLORA
E
CIENCE LAB

Depuis combien de temps travaillez-vous sur l'Explora ?
Deux mois… Ah non, trois mois. Pile aujourd'hui ! Je suis la dernière recrue de l'équipage.
Pourquoi avez-vous choisi l'Explora ?
J'ai passé le concours pour faire partie des équipages de réserve. Après, c'est l'agence qui choisit nos affectations, en fonction des places disponibles. J'ai dû attendre quoi… quatre mois, six mois ?
Comment Saphed Vodash vous a-t-il accueilli ?
Eh bien… Comme tout le monde ici, très bien. J'ai mon propre laboratoire, il est génial. J'ai même un super analyseur spectrométrique.
D'accord… Pourtant, vos peuples respectifs ont rompu les relations diplomatiques depuis des décennies, n'est-ce pas ?
Pfff, ce sont de vieilles histoires ! Vous imaginez la chance que j'ai d'avoir un poste sur l'Explora ? J'avais une chance sur quatre d'être affecté sur ce vaisseau !

VOUS_ NAR-6, envoie-moi le plan du vaisseau. Je vais l'étudier pendant que tu rejoins l'infirmerie pour interroger le médecin !

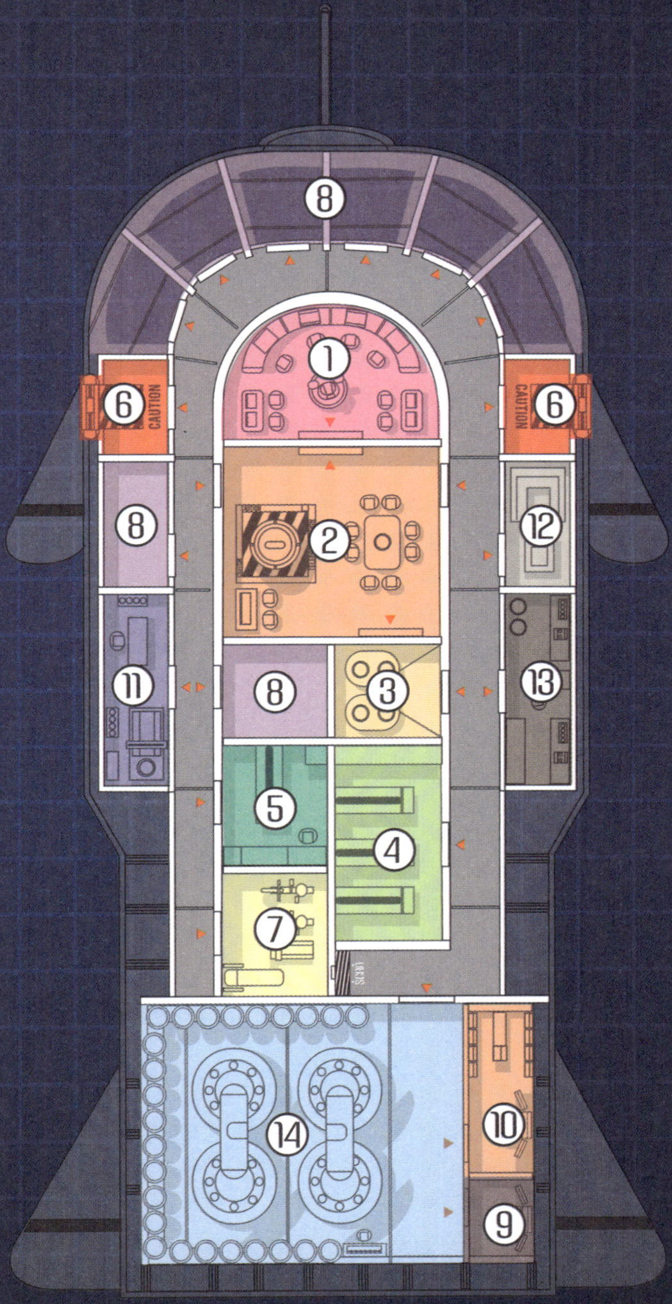

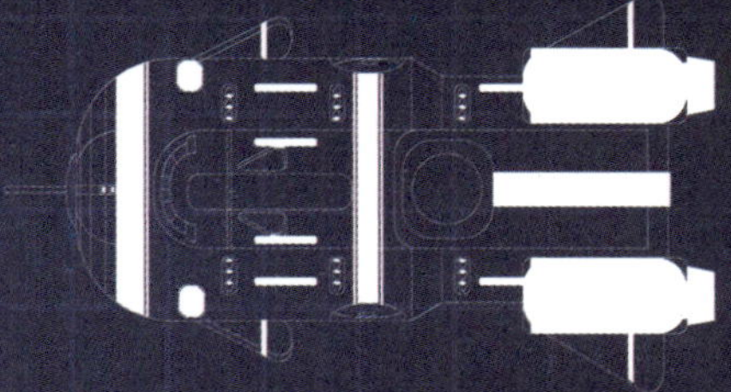

EXPLORA

LONG RANGE SHIP

1. COCKPIT
2. BRIEFING / TÉLÉPORTATION
3. TOILETTES
4. QUARTIERS ÉQUIPAGE
5. QUARTIERS COMMANDANT
6. SAS
7. SALLE DE SPORT
8. ZONES DE STOCKAGE
9. PC MACHINES
10. SYSTÈME TÉLÉPORTATION
11. LABORATOIRE
12. SALLE DE PAUSE
13. INFIRMERIE
14. SALLE DES MACHINES

BONJOUR DOC OPHIUCHUS,
VOTRE DEMANDE DU **4 AVRIL 2374** A BIEN ÉTÉ TRAITÉE. VOUS RECEVREZ UN PACK DE VITAMINES GLUKOL-SPÉCIALES CYBORGS À LA PROCHAINE LIVRAISON.
BIEN À VOUS, PÔLE SANTÉ - AIRA
CERTIFICATS D'APTITUDE
O2

Pouvez-vous m'expliquer la cause de décès ?
Eh bien, vous êtes à l'aise avec la notion de téléportation ? En réalité, on ne déplace pas vraiment le corps. On enregistre les données présentes dans une cabine pour les reproduire, à l'identique, dans une autre cabine.
Que deviennent les données de la première cabine ?
Elles sont détruites. Le clonage est strictement interdit dans notre système intergalactique. Mais cette fois-ci, ça a mal tourné. La destruction s'est enclenchée alors même que les données n'avaient pas été copiées et reconstruites.
Auriez-vous pu sauver Saphed Vodash ?
À ce moment-là, tout se joue au centième de seconde. Il faut arrêter le processus au plus vite afin d'éviter que le corps ne soit trop endommagé. Nous avons perdu beaucoup de temps et c'était déjà trop tard quand nous avons ouvert la cabine.
Saphed Vodash avait-il des problèmes de santé ?
Impossible ! Je veille à la santé de tous les membres de l'équipage. Avant chaque départ en mission, nous consacrons une journée entière à passer des tests physiques très difficiles. Pour vous en assurer, je vous invite à consulter leur certificat d'aptitude.

CERTIFICAT D'APTITUDE

Ce certificat est décerné à Cassiopée

Par : Doc Ophiuchus

Taille : 1 m 63

Particularités : prothèses de mains multi-outils

Date 29/12/2373

Signature Docteur Ophiuchus

CERTIFICAT D'APTITUDE

Ce certificat est décerné à Gandaki

Par : Doc Ophiuchus

Taille : 1 m 82

Particularités : vision nocturne

Date 29/12/2373

Signature Docteur Ophiuchus

CERTIFICAT D'APTITUDE

Ce certificat est décerné à Agéoki

Par : Doc Ophiuchus

Taille : 1 m 84

Particularités : vision nocturne

Date 29/12/2373

Signature Docteur Ophiuchus

CERTIFICAT D'APTITUDE

Ce certificat est décerné à Toutzi le Shoi

Par : Doc Ophiuchus

Taille : 1 m 71

Particularités : télépathie

Date 02/01/2374

Signature Docteur Ophiuchus

CERTIFICAT D'APTITUDE

Ce certificat est décerné à Luif Ufi II

Par : Doc Ophiuchus

Taille : 1 m 32

Particularités : écholocalisation (se repère dans l'espace avec des ondes ultrasonores)

Date 29/12/2373

Signature Docteur Ophiuchus

CERTIFICAT D'APTITUDE

Ce certificat est décerné à Saphed Vodash

Par : Doc Ophiuchus

Taille : 2 m 43

Particularités : super-ouïe

Date 29/12/2373

Signature Docteur Ophiuchus

CERTIFICAT D'APTITUDE

Ce certificat est décerné à Doc Ophiuchus

Par : Docteur Xah médecin de réserve

Taille : 1 m 70

Particularités : aucune

Date 27/12/2373

Signature Docteur Xah

VOUS_ NAR-6, rends-toi dans les dortoirs. J'aimerais vérifier les affaires de Saphed Vodash.

SSIOPÉE
6
5
JIF UFI II
AGÉOKI
4
3
SAPHED
VODASH

JE SAIS QUE
TU AS DÉCOUVERT
MON SECRET.
JE T'EN SUPPLIE,
NE LE RÉPÈTE PAS.
SI TU PARLES, JE
DEVRAIS QUITTER
L'ÉQUIPAGE
À CAUSE DE TOI...
ET JE ME VENGERAI !
JOYEUX ANNIVERSAIRE
AGÉOKI !

Il ne faut pas se fier aux apparences. Ici, c'est chacun pour soi. Enfin, je suis habituée. Au centre d'adoption où j'ai grandi, c'était pareil.
Saphed Vodash conserve quand même une photo de vous dans son casier…
J'en ai offert une à chaque membre d'équipage. S'il l'a gardée, c'est du flan. Il voulait juste devenir commandant. Depuis le début de la mission, c'est lui qui faisait toutes les tâches intéressantes.
Vous aimeriez devenir commandante du nouveau vaisseau, l'Odysseia ?
Évidemment. Je ne l'ai pas tué, mais je ne vais pas le pleurer. Un tel poste n'arrive que très rarement.
Et qui aurait intérêt à s'en prendre à lui, selon vous ?
Tous. Le Doc, par exemple. Vous ne croyez pas qu'il l'aurait tué en essayant de le réanimer ? Peut-être que Cassiopée est sa complice. C'est quand même elle qui maîtrise la téléportation ici.
Quel serait le mobile ?
Une histoire de jalousie ? Cassiopée s'était attachée à Saphed Vodash. Mais hier soir, à la sortie de la réunion, il a eu un rendez-vous secret avec une autre femme !
Qui était cette femme ?
Toutzi le Shoi.

VOUS_ Tu es allé dans la salle des machines récemment ?

NAR-6_ Oui, j'y fais deux passages par jour, à 8 h et à 18 h. J'y contrôle les stocks d'énergie et d'oxygène. Ma visite d'hier soir a eu lieu avant la venue du conseiller de l'AIRA, tout était normal. Ce matin, je n'ai rien remarqué non plus.

VOUS_ As-tu les dernières données concernant l'ouverture de la porte de la salle des machines ?

NAR-6_ Oui.

3 AVRIL : 18 H, IDENTIFICATION NAR-6

4 AVRIL : 8 H, IDENTIFICATION NAR-6

4 AVRIL : 9 H 36, IDENTIFICATION CASSIOPÉE

VOUS_ Retournes-y. Je dois interroger Cassiopée.

SYSTEMES TELEPORTATION
PG MACHINES
Comment êtes-vous entrée ?
À l'instant, vous venez de m'ouvrir la porte. Je voulais vous accompagner, me faire mon propre avis sur cette enquête. Vous n'y voyez pas d'inconvénient ?

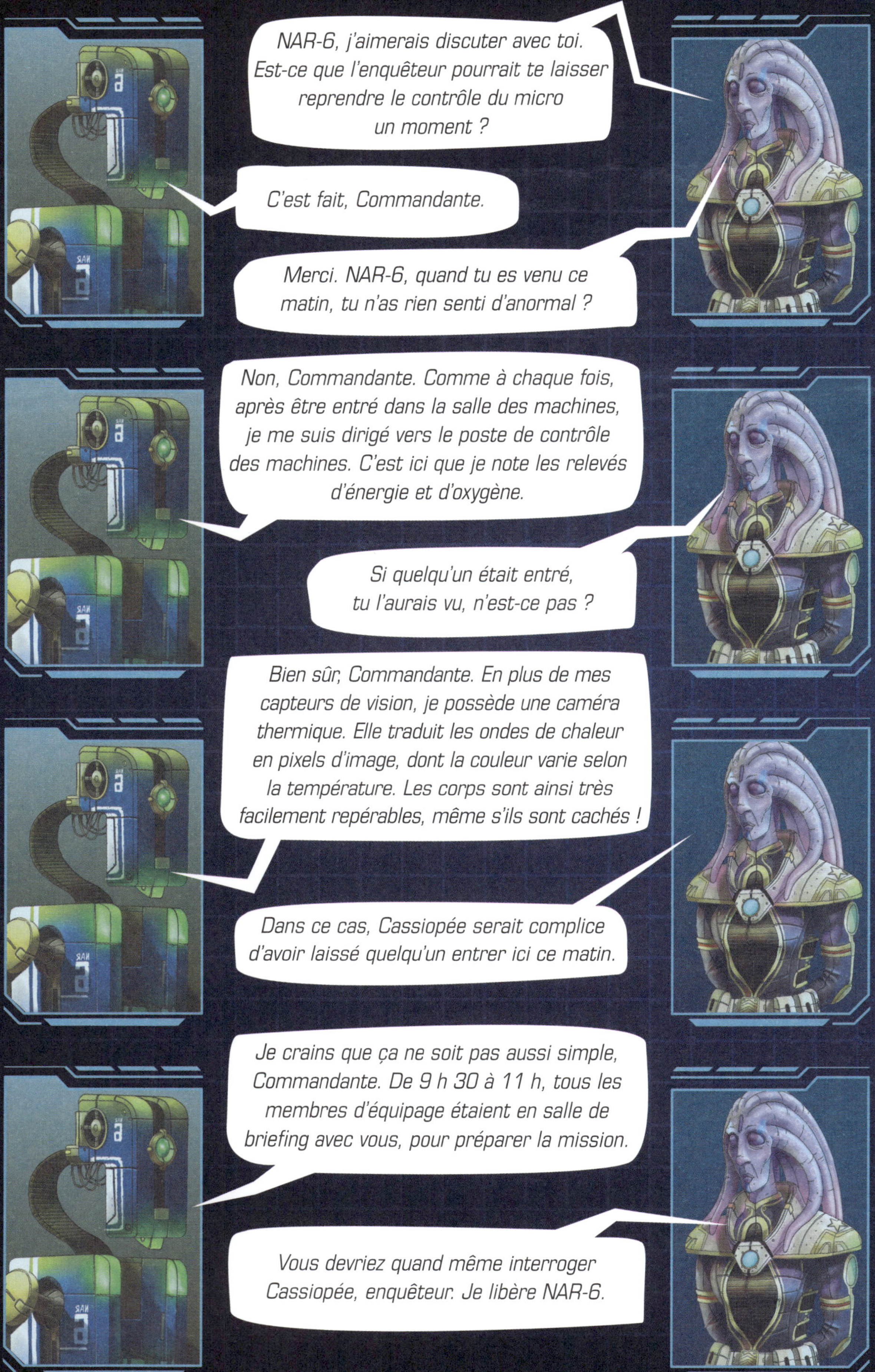
NAR-6, j'aimerais discuter avec toi. Est-ce que l'enquêteur pourrait te laisser reprendre le contrôle du micro un moment ?
C'est fait, Commandante.
Merci. NAR-6, quand tu es venu ce matin, tu n'as rien senti d'anormal ?
Non, Commandante. Comme à chaque fois, après être entré dans la salle des machines, je me suis dirigé vers le poste de contrôle des machines. C'est ici que je note les relevés d'énergie et d'oxygène.
Si quelqu'un était entré, tu l'aurais vu, n'est-ce pas ?
Bien sûr, Commandante. En plus de mes capteurs de vision, je possède une caméra thermique. Elle traduit les ondes de chaleur en pixels d'image, dont la couleur varie selon la température. Les corps sont ainsi très facilement repérables, même s'ils sont cachés !
Dans ce cas, Cassiopée serait complice d'avoir laissé quelqu'un entrer ici ce matin.
Je crains que ça ne soit pas aussi simple, Commandante. De 9 h 30 à 11 h, tous les membres d'équipage étaient en salle de briefing avec vous, pour préparer la mission.
Vous devriez quand même interroger Cassiopée, enquêteur. Je libère NAR-6.

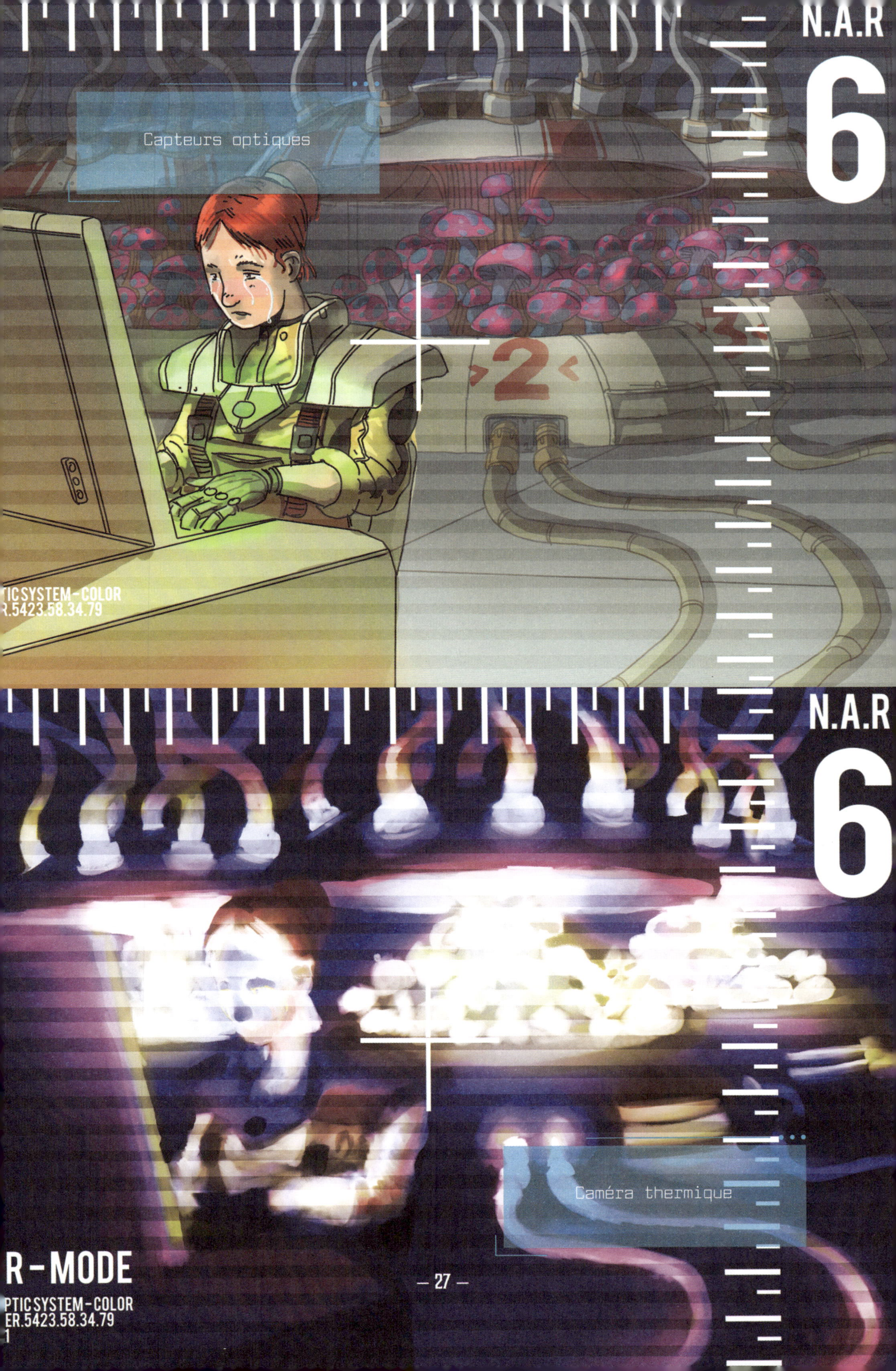
N.A.R
6
Capteurs optiques
TICSYSTEM-COLOR
R.5423.58.34.79
N.A.R
6
Caméra thermique
R-MODE
PTICSYSTEM-COLOR
ER.5423.58.34.79
1

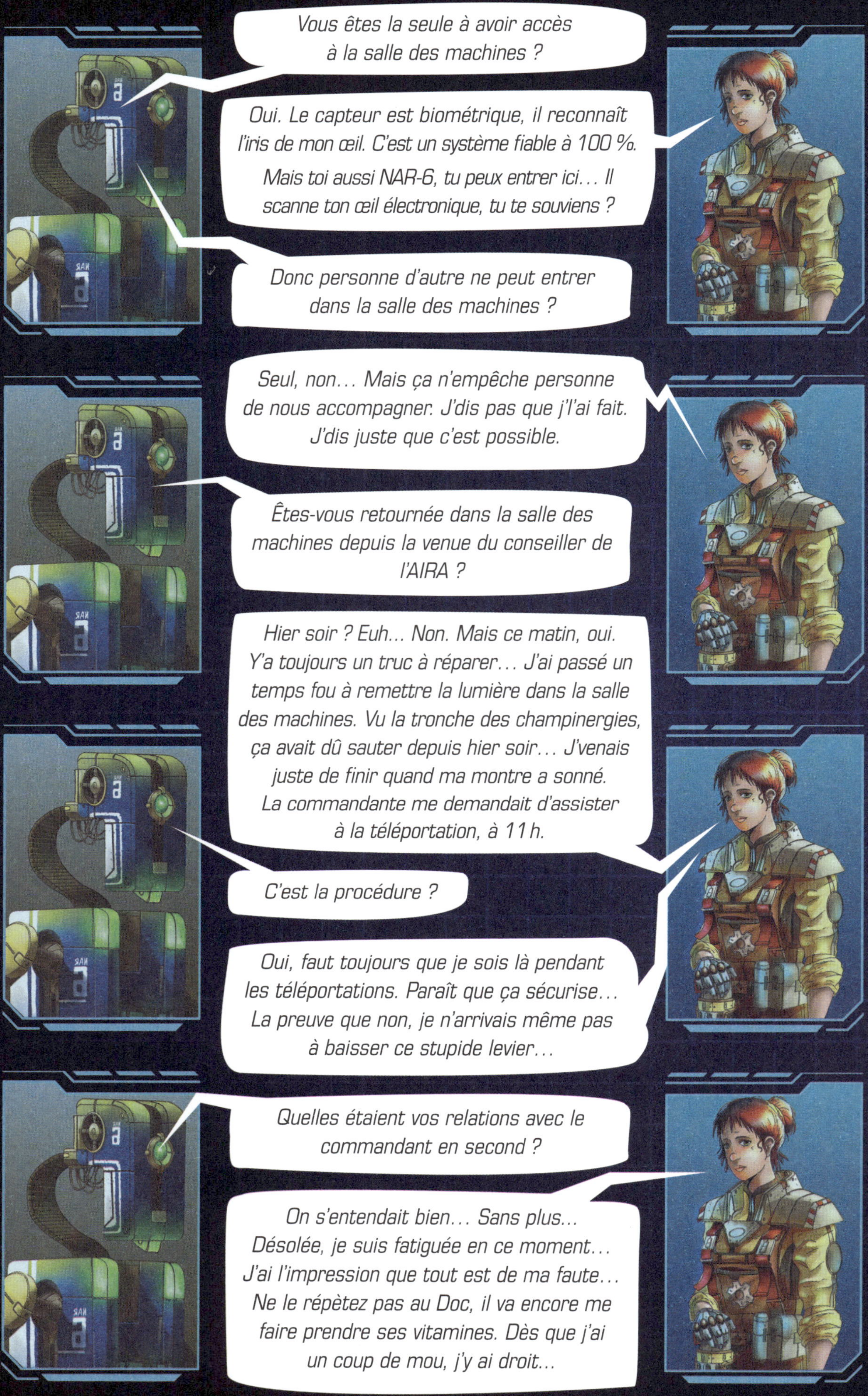
Vous êtes la seule à avoir accès à la salle des machines ?
Oui. Le capteur est biométrique, il reconnaît l'iris de mon œil. C'est un système fiable à 100 %. Mais toi aussi NAR-6, tu peux entrer ici… Il scanne ton œil électronique, tu te souviens ?
Donc personne d'autre ne peut entrer dans la salle des machines ?
Seul, non… Mais ça n'empêche personne de nous accompagner. J'dis pas que j'l'ai fait. J'dis juste que c'est possible.
Êtes-vous retournée dans la salle des machines depuis la venue du conseiller de l'AIRA ?
Hier soir ? Euh… Non. Mais ce matin, oui. Y'a toujours un truc à réparer… J'ai passé un temps fou à remettre la lumière dans la salle des machines. Vu la tronche des champinergies, ça avait dû sauter depuis hier soir… J'venais juste de finir quand ma montre a sonné. La commandante me demandait d'assister à la téléportation, à 11 h.
C'est la procédure ?
Oui, faut toujours que je sois là pendant les téléportations. Paraît que ça sécurise… La preuve que non, je n'arrivais même pas à baisser ce stupide levier…
Quelles étaient vos relations avec le commandant en second ?
On s'entendait bien… Sans plus… Désolée, je suis fatiguée en ce moment… J'ai l'impression que tout est de ma faute… Ne le répètez pas au Doc, il va encore me faire prendre ses vitamines. Dès que j'ai un coup de mou, j'y ai droit…

VOUS_ NAR-6, va voir le système du téléporteur. On y trouvera peut-être des indices.

VOUS_ On dirait bien qu'un des câbles a été arraché.

NAR-6_ Certainement. Il n'a pas été coupé.

VOUS_ Le saboteur n'a pas utilisé d'outil mais seulement sa force.

NAR-6_ Certes, il faut de la force mais tout le monde ici a passé des épreuves bien plus physiques pour être admis en tant que membre de l'équipage.

VOUS_ Oui, tu as raison. Autrement dit, nous ne sommes pas plus avancés.

NAR-6_ Voulez-vous rejoindre le cockpit ?

VOUS_ Bien sûr. Vérifie qu'il n'y a personne avant d'entrer, je voudrais examiner quelque chose.

VOUS_ Personne ?

NAR-6_ Personne.

VOUS_ Avance jusqu'au poste de la commandante. Je voudrais consulter ses échanges de messages avec l'AIRA.

NAR-6_ La session est verrouillée par un code. Est-ce que vous m'autorisez à outrepasser les mesures de sécurité ?

VOUS_ Oui, je te donne l'autorisation de cracker le code.

NAR-6_ C'est bon, je suis connecté.

VOUS_ C'était quoi le code ?

NAR-6_ Une série de chiffres.

VOUS_ Hum, intéressant.

DE_ AIRA

À_ COMMANDANTE GANDAKI

ENVOYÉ_ 18 DÉCEMBRE 2373 // 15:43

OBJET_ OUVERTURE DE POSTE

Commandante Gandaki,

Suite à votre demande d'ouverture d'un poste de scientifique, nous vous informons qu'un nouveau membre a été affecté à votre équipage.

Il s'agit de Luif Ufi II. Sous conditions de réussite des examens d'aptitude de votre médecin de bord, qui seront réalisés le 29.12.2373, il rejoindra votre prochaine mission d'exploration.

Veuillez noter également, qu'en raison des circonstances – à savoir la présence d'un chevalier Kalihyaya sur l'Explora – il lui a été également proposé une affectation sur le Galaxias. Suite au refus de cette proposition, le processus d'affectation est donc validé.

Bien à vous,

Service des affectations – AIRA

DE_ ΛIRΛ

À_ PERSONNEL DE L'ΛIRΛ

ENVOYÉ_ 3 ΛVRIL 2374 // 12:08

OBJET_ COMMUNICΛTION INTERNE

INFORMATION IMPORTANTE

Suite aux aménagements de la Commission de révision, l'AIRA a modifié son règlement au cours de la session extraordinaire du jour. Conformément au nouvel article 54-6 : « Il est requis pour un commandant en second une période d'activité de 5 ans sur un vaisseau pour accéder au poste de commandant. » Cette disposition remplace l'ancien article QKJ-3266-RMY qui préconisait 10 ans d'ancienneté.

Signataires :

Présidente de la Commission

Membres de la Commission

NΛR-6_ J'entends des pas qui se rapprochent. Je ferme la session !

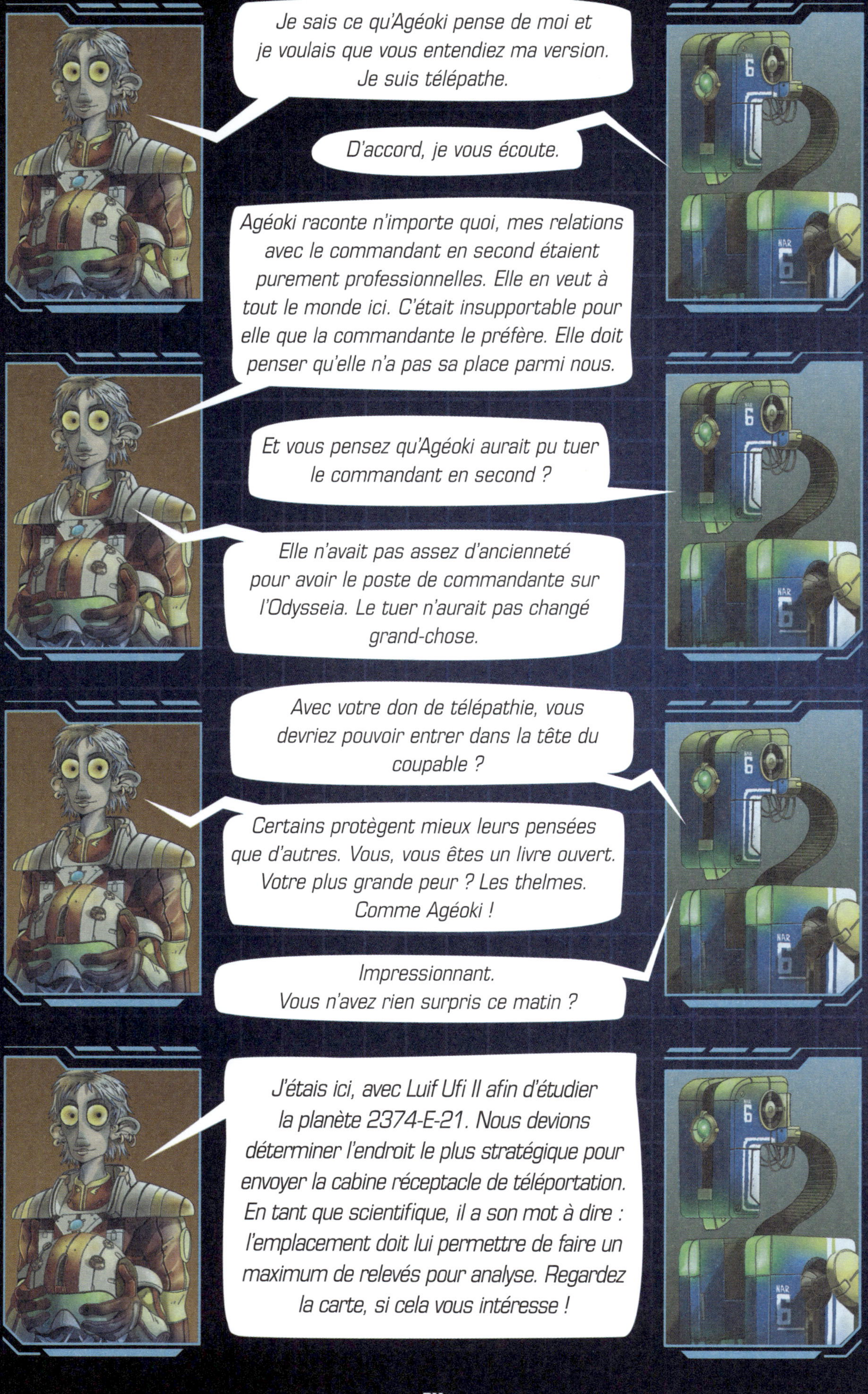
Je sais ce qu'Agéoki pense de moi et je voulais que vous entendiez ma version. Je suis télépathe.
D'accord, je vous écoute.
Agéoki raconte n'importe quoi, mes relations avec le commandant en second étaient purement professionnelles. Elle en veut à tout le monde ici. C'était insupportable pour elle que la commandante le préfère. Elle doit penser qu'elle n'a pas sa place parmi nous.
Et vous pensez qu'Agéoki aurait pu tuer le commandant en second ?
Elle n'avait pas assez d'ancienneté pour avoir le poste de commandante sur l'Odysseia. Le tuer n'aurait pas changé grand-chose.
Avec votre don de télépathie, vous devriez pouvoir entrer dans la tête du coupable ?
Certains protègent mieux leurs pensées que d'autres. Vous, vous êtes un livre ouvert. Votre plus grande peur ? Les thelmes. Comme Agéoki !
Impressionnant. Vous n'avez rien surpris ce matin ?
J'étais ici, avec Luif Ufi II afin d'étudier la planète 2374-E-21. Nous devions déterminer l'endroit le plus stratégique pour envoyer la cabine réceptacle de téléportation. En tant que scientifique, il a son mot à dire : l'emplacement doit lui permettre de faire un maximum de relevés pour analyse. Regardez la carte, si cela vous intéresse !

2374•E•21

A B C D E F G H
1 2 3 4 5 6 7
X
Toutzi le Shoi • Planète 2374•E•21• 4 avril 2374 • 7 : 58

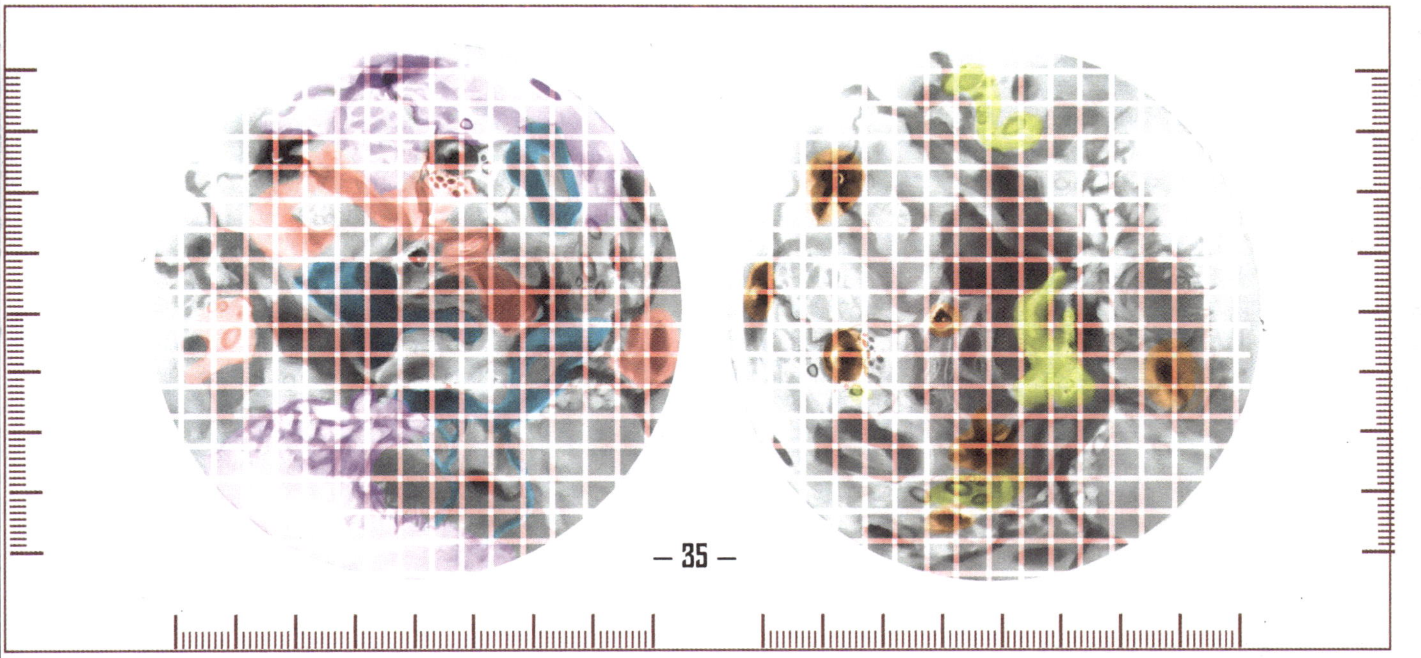

VOUS_ C'est toujours comme ça entre elles deux ?

NAR-6_ Oui.

VOUS_ En attendant, peux-tu réunir les membres de l'équipage dans la salle de briefing ?

NAR-6_ Vous avez identifié le coupable ?
VOUS_ Oui.
NAR-6_ Comment avez-vous fait pour le démasquer ?
VOUS_ Aucun autre membre de l'équipage n'aurait pu tuer Saphed Vodash. Il n'y avait qu'à assembler les pièces du puzzle. Comment le coupable a-t-il procédé ? Quel est son mobile ? Tout concorde !
NAR-6_ Bravo ! Je suis impatient d'écouter vos conclusions. Je vous laisse le micro.

RÉSOLUTION DE L'ENQUÊTE

Qui a tué le commandant en second, Saphed Vodash, et pourquoi ? Comment le coupable s'y est-il pris pour saboter le système du téléporteur dans la salle des machines ?

Si vous pensez avoir résolu l'enquête, continuez la lecture. Mais attention, vous n'aurez pas de deuxième chance !

Toutzi le Shoi, n'auriez-vous pas des problèmes de vue ?
Il fallait, à tout prix, effacer le certificat d'inaptitude... ce qui a été fait quelques jours après. Vous pourriez perdre votre poste pour avoir réalisé un faux certificat Doc Ophiuchus, vous le savez ?
Oui, mais Toutzi est une excellente pilote malgré cela. J'en suis convaincu.

Ou bien l'or vous a convaincu, j'ai vu la bourse à l'infirmerie. Saphed Vodash aussi, sans doute. En tout cas, Toutzi le Shoi était bien décidée à le faire taire en lui offrant, à lui aussi, une bourse remplie d'or.
Luif Ufi II, vous êtes un menteur. Vous avez spécialement choisi de venir ici alors qu'il s'y trouvait un Kalihyaya.
J'étais le coupable idéal alors que j'ai choisi d'être ici uniquement pour la renommée de l'Explora.
Agéoki, connaissez-vous vos parents ?
Non.
Gandaki, n'est-il pas temps d'avouer ?
...

Agéoki est ma fille. J'ai dû l'abandonner à la naissance afin de ne pas anéantir ma carrière au sein de l'AIRA.
Lorsqu'elle est devenue adulte, j'ai déposé une annonce de recherche d'un apprenti à l'orphelinat.
C'était la meilleure. Elle a passé la sélection sans aucune difficulté, et j'ai enfin pu l'avoir à mes côtés. Ses talents lui ont permis de gravir rapidement les échelons.
Ces derniers temps, j'ai senti qu'elle n'allait pas bien. La voir rester dans l'ombre de Saphed Vodash m'était insupportable. Elle méritait bien plus que lui de devenir commandante sur l'Odysseia, mais elle n'avait pas l'ancienneté nécessaire. Je me suis battue pendant des mois pour présider la Commission de révision de l'AIRA afin de faire changer cette règle idiote.
Je me sentais coupable du mal-être de ma fille. Elle a manqué de l'amour d'un parent, vous savez. Il fallait que je lui offre un destin plus heureux. Après la disparition du commandant en second, une nouvelle sélection sera organisée. Et cette fois-ci, je suis certaine qu'Agéoki aura sa chance.

COMMENT LE COUPABLE EST-IL ENTRÉ DANS LA SALLE DES MACHINES ?

Lorsque Cassiopée était dans la salle des machines, le matin-même, tous les membres de l'équipage participaient au briefing.

Par ailleurs, il était impossible que Cassiopée sabote elle-même le système du téléporteur. Elle connaît actuellement une baisse de force. C'est pour cette raison qu'elle a eu beaucoup de mal à baisser le levier de la cabine de téléportation et que le médecin a commandé des vitamines gluxol – spéciales cyborgs.

Le coupable est donc entré en même temps que NAR-6 lors de son passage à 8 h. Lorsque le droïde scanne son œil, il n'observe plus l'entrée de la salle. Pendant l'enquête, il a même été surpris que la commandante soit entrée dans la salle des machines à son insu.

S'il n'a pas vu le coupable, c'est pour deux raisons :

- Ses capteurs optiques étaient simplement noirs car il n'y avait plus de lumière,
- Le coupable s'est caché dans les champinergies, qui émettent autant de chaleur qu'un humain. Il n'a donc pas été vu avec la caméra thermique.

QUI A PU SABOTER LE SYSTÈME DU TÉLÉPORTEUR ?

La lumière ne fonctionnait plus dans la salle des machines. Pour pouvoir agir furtivement, seules deux espèces auraient pu y parvenir. Les Tau Cetiki sont dotés d'une vision nocturne et les Luifians possèdent une capacité d'écholocalisation.

Ni le médecin, ni Toutzi le Shoi n'auraient pu s'y rendre sans s'y perdre.

Luif Ufi II était avec Toutzi le Shoi à 7 h 58 dans le cockpit (heure d'impression de la carte de la planète 2374-E-21). La salle des machines se trouve à l'autre bout du vaisseau. Il n'aurait pas pu y être à 8 h lorsque NAR-6 a scanné son œil.

Agéoki a peur des thelmes. Un spécimen se trouve dans la salle du système du téléporteur : son mucus verdâtre est bien visible.

Le seul membre de l'équipage qui a pu saboter le téléporteur est Gandaki.

QUEL EST LE MOBILE DU CRIME ?

Agéoki est la fille de Gandaki. Sa date de naissance est d'ailleurs le mot de passe de son poste informatique : le 6 février 2351 ! Elle voulait se repentir et lui offrir un meilleur avenir.

AUSSI DANS CETTE COLLECTION :

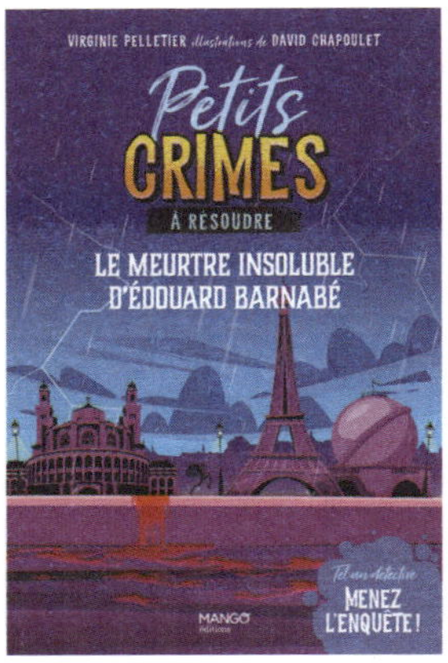

Les éditions Mango
Des auteurs spécialistes, des créations uniques
Des ouvrages réalisés en France par des équipes passionnées
Des objets de qualité conçus pour durer
Des livres pour toute la vie !

Ce livre s'inscrit dans une démarche écoresponsable. Il est imprimé sur du papier PEFC™ issu de forêts gérées durablement. Cette certification garantit une empreinte carbone réduite et une gestion raisonnée de la forêt, qui maintient la biodiversité et protège les écosystèmes. Il est imprimé avec des encres végétales, c'est-à-dire fabriquées uniquement à partir de matières premières renouvelables et sans huiles minérales. Il a été imaginé et conçu en France, et imprimé en Europe.

Direction : Guillaume Pô
Direction éditoriale : Tatiana Delesalle
Édition : Ophélie Candille
Relecture et correction : Nacima Bouzad
Direction artistique : Sylvaine Beck assistée de Clarisse Delande
Illustrations intérieures : Jérôme Ressot
Couverture : François Lamidon
Création graphique et mise en pages : François Lamidon
Direction de fabrication : Thierry Dubus
Suivi de fabrication : Morgane Lajeunesse

1re édition – N° d'édition : M23018
ISBN : 9782317031243
Code MDS : MN31243

Achevé d'imprimer en Espagne par Edelvives en février 2023.

Dépôt légal : mars 2023
www.mangoeditions.com

Certifié PEFC
Ce produit est issu de forêts gérées durablement et de sources contrôlées
www.pefc-france.org

Retrouvez-nous sur Instagram
@mangoeditions